THE VOTE
3
Manga: Edogawa Edogawa
Konzept: Ryuya Kasai
Aus dem Japanischen
von Martin Gericke

INHALT

Kapitel 18

第60回 柳沢祭*
KLONG KLANG
珍・ゴジラ喫茶
* Yanagisawa Kulturfest
Bis zur Eröffnung des Kulturfests: 1 Tag!
BLA BLA
BLA BLA

HA HA HA
* House of Horror
Waaaah!
Hm? Du hast dich gar nicht erschro-cken.
Die ist ja komisch…
HA HA HA

Als der Typ aus »The Vote« ein neues Spiel angekündigt hat...
... traten fünf Leute aus der Chat-Gruppe unserer Klasse aus.
2-C MINE-Gruppe
20:53 Nao Muramatsu hat die Gruppe verlassen.
22:03 Ryohei Matsui hat die Gruppe verlassen.
23:28
verlassen.
00:18
verlassen.
02:03
verlassen.
Seitdem sind die fünf auch nicht mehr in die Schule gekommen.
Sozialer Tod
Bleibt der Schule fern
Von den 36 Leuten aus unserer Klasse fehlen mittlerweile elf.
Bleibt der Schule fern

Ich bin sicher, dass unser Peiniger es nicht einfach so...
Nao Muram
Bleibt der Schule fern
Ryohei Mats
Bleibt der Schule fern
Mikio Kobayashi
Bleibt der Schule fern
Sanae Kitazawa
Bleibt der Schule fern
Hideaki Tokuda
Bleibt der Schule fern
... hinnehmen wird, dass fünf Leute die Gruppe verlassen haben.
Man kann davon ausgehen, dass er ihnen allen...
... bald einen sozialen Tod...
PSCH
RUBB
RUBB
PAMM
PAMM
... bescheren wird.

Aus dem Weg, Leute! Vorsicht!
Sachte, ganz sachte!
2–C
RATTER

Und Hepp!
Wartest du schon lange?
Nein.

Worüber wolltest du mit mir sprechen?
Mir...
Mir ist klar geworden, dass ich mir die ganze Zeit nur über mich selbst Gedanken gemacht habe.
Tut mir leid, wenn ich abweisend zu dir war.
Aber wenn ich sehe, wie du dich für uns alle aufopferst, Minato, dann bereue ich mein Verhalten.
So kann es nicht weitergehen.

Ich dachte ja sogar, dass deine Strategie aufgehen würde, Minato...
Ja...
Waah?!
FLOMP
HAHAHAHAHAHAHA
Das Ding ist hinüber!
Godzilla ist tot!
Glaubst du...
... dass es für uns jemals wieder so sein wird wie früher?
...

Team
Team
Vielleicht werden wir nie wieder gemeinsam lachen kön-nen...
... so wie die anderen dort unten...

BLIP
Hallöchen! Es ist zwölf Uhr, Leute!
Ihr habt bestimmt schon auf mich gewartet!
Dann wollen wir mal...
... unser brandneues Spiel enthüllen! ♡
Das Spiel heißt:
»Secret Get!«
Secret Get

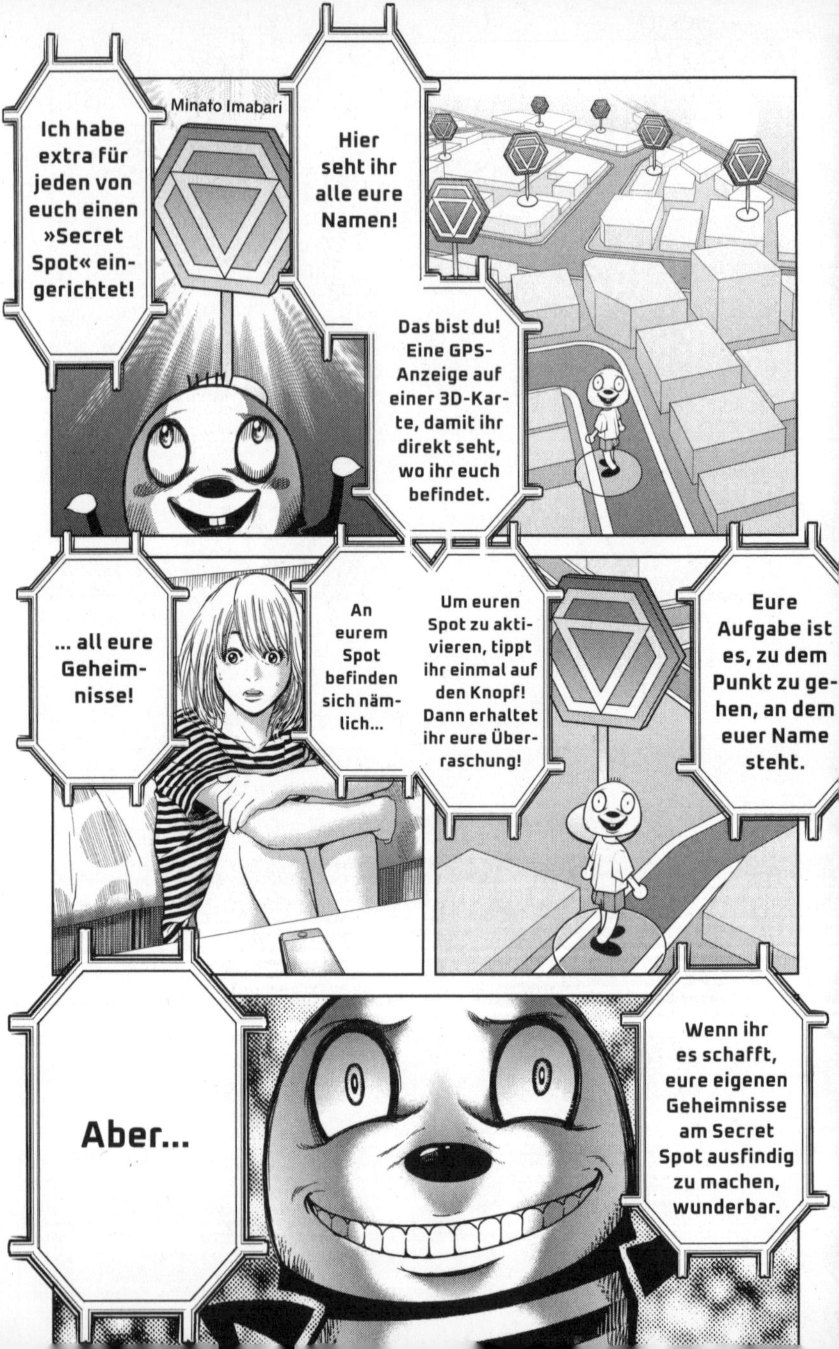

Minato Imabari
Ich habe extra für jeden von euch einen »Secret Spot« eingerichtet!
Hier seht ihr alle eure Namen!
Das bist du! Eine GPS-Anzeige auf einer 3D-Karte, damit ihr direkt seht, wo ihr euch befindet.
Eure Aufgabe ist es, zu dem Punkt zu gehen, an dem euer Name steht.
Um euren Spot zu aktivieren, tippt ihr einmal auf den Knopf! Dann erhaltet ihr eure Überraschung!
An eurem Spot befinden sich nämlich...
... all eure Geheimnisse!
Wenn ihr es schafft, eure eigenen Geheimnisse am Secret Spot ausfindig zu machen, wunderbar.
Aber...

Ryugo Numamoto
... erfahrt ihr, welches Geheimnis er oder sie vor euch allen verbirgt!
... und den Geheimort schneller als der- oder diejenige erreichen...
Solltet ihr versuchen, an einen der Secret Spots eurer Klassenkameraden zu gehen...
Na? Wer hätte da nicht Lust, die Geheimnisse seiner Mitmenschen in Erfahrung zu bringen?!
Was treibt der Typ neben euch, was verbirgt das Mädchen vor euch? Oh, es gibt so viel herauszufinden!
Das Spiel beginnt genau in diesem Moment und dauert sechzig Minuten!
Los geht's!

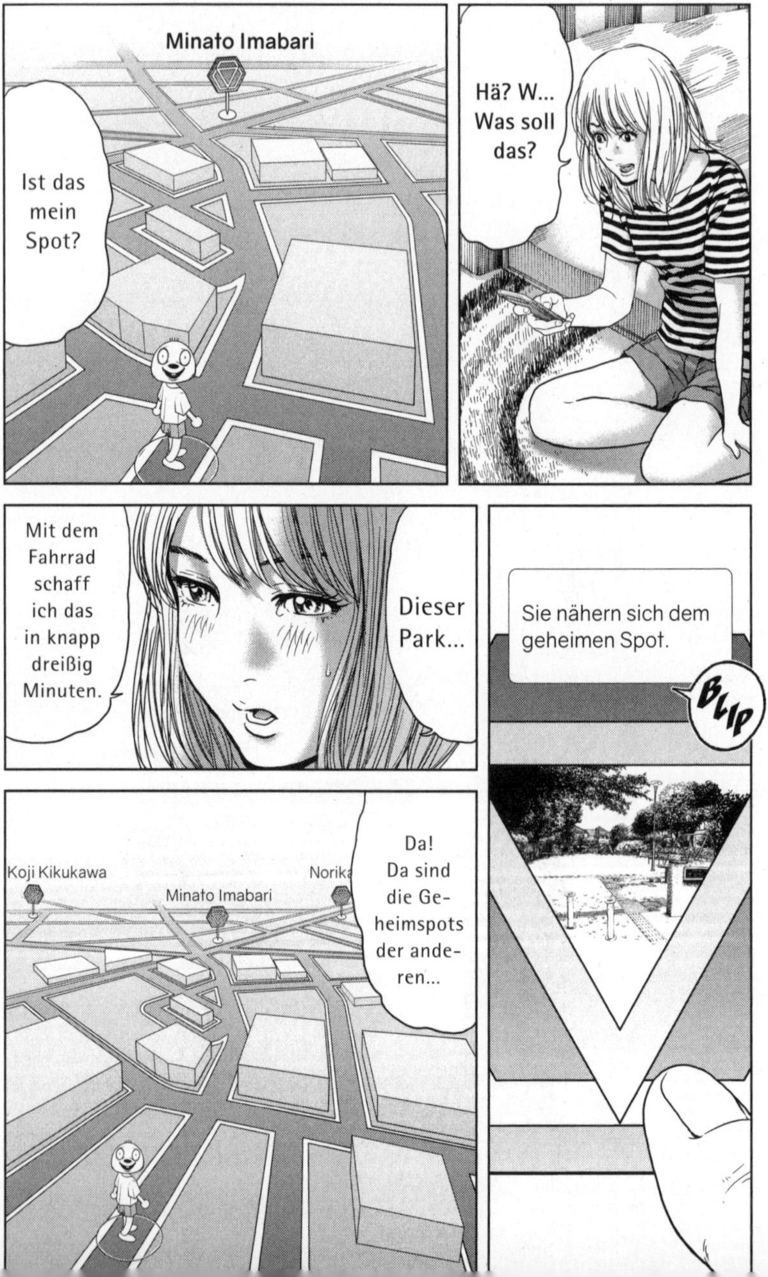
Hä? W... Was soll das?
Minato Imabari
Ist das mein Spot?
Sie nähern sich dem geheimen Spot.
BLIP
Dieser Park...
Mit dem Fahrrad schaff ich das in knapp dreißig Minuten.
Da! Da sind die Geheimspots der anderen...
Koji Kikukawa
Minato Imabari
Norika

Es stimmt natürlich. Sollte jemand versuchen, vor mir an diesem Ort zu sein, könnte er oder sie mein Geheimnis in Erfahrung bringen.
Und ich bin mir ziemlich sicher, dass einige von uns genau das vorhaben.
Ich muss mich beeilen!
Wo willst du hin? Weißt du, wie spät es ist?
Ich geh nur schnell Saft kaufen.
SHRRRR
Aber mein Geheimnis?
Was könnte das sein?

Minato Imabari
Hier muss es sein ...
TIPP
Hm? Wieso passiert nichts?
TIPP
TIPP
TIPP
TIPP
Der Spot von Minato Imabari wurde bereits von Yumi Mori sichergestellt.
OK
Was?
!
Sorry, Minato ...

Ich hab mir...
... deinen Spot geschnappt.
Yumi! Wo warst du?! Alle suchen nach dir!
Ich habe den Akku aus meinem Handy genommen...
... und die Zeit in Manga-Cafés totgeschlagen...
Nach allem, was ich getan habe...

Yumi hat Shuta mit einem Messer angegriffen...
Aber auf einmal...
Geheimnis von Minato Imabari entdecken?
Nein
Ja
... hat mein Handy von ganz allein dieses Spiel gestartet...
Es gibt kein Entkommen mehr...
Geheimnis von Minato Imabari entdecken?
Nein
Ja
Wir sind in dieser Hölle gefangen!
Yumi...
Hör mir zu! Du musst etwas für mich tun.
Wenn du es erledigt hast, gebe ich dir deinen Spot zurück.
SSP
Wenn du es nicht tust, dann ...

... werde ich dein beschissenes Geheimnis...
... an alle weiterleiten!

Kapitel 19
ZIRP
Was willst du von mir?
KRUSCH
KRUSCH
Nimm!

Du musst das...
... Shuta spritzen.
Was?
Es genügt, wenn du es in seinen In-fusionsbeutel injizierst.

Was redest du denn da?
Yumi...
Siehst du das Display?
Geheimnis von Minato Imabari entdecken?
Ja
Nein
Geheimnis von Minato Imabari entdecken?
TAPP
Ja
Nein
Ich muss nur hier draufdrücken...
... und schon sehe ich, was sich dahinter verbirgt.
ent
Ja

KLICK
Geheimnis von Minato Imabari entdecken?
Nein
PLING
ZITTER ZITTER
DO DOM
DO DOM
DO DOM
DO DOM
DO DOM

Mein Geheim-nis...
Ich kann es direkt an alle wei-terleiten. Möchtest du das, hm?
Das ist...
... mein Vater!

Shuta ist der Drahtzieher hinter »The Vote«.
Ich bin mir sicher.
TSCHRN
TSCHRN
Er darf nie wieder aufwachen.
Tu es! Tu es...
... um unsere Geheimnisse zu beschützen.
Hörst du?!

Du stehst ihm noch am nächs- ten.
Du wirst es tun, oder?

Es ist das Richtige.
Buhu …
Uuuh …

Was?
KATSCHANG
KRATSCH
STAMPF
STAMPF

Wenn du mein Geheim-nis rum-schicken willst...
... nur zu! MACH DOCH! Tu dir keinen Zwang an, du verdammte Irre!
Was?

Ich sterbe lieber als das Leben...
... eines anderen Menschen zu vernichten!
Is' das so?
TAPP

VOCK
Hm.
Minato Imabari ist die Tochter des Attentäters, der vor einem Jahr sieben Menschen auf offener Straße...
Im Bezirk Hyogo ereignete sich ein brutales Attentat. Vier Menschen verstarben noch vor Ort.
Zeugenbericht
Oyama
Mit einem Messer griff der Täter wahllos Passanten an.
... im Bezirk Hyogo brutal ermordet hat.
Heute trag Minato Ima ri den Namen ihrer Mutter.
standesamtliche Zeugnisse – PDF
Klick
Minato Imabari
Vater-Tochter
Tomohiro Oyama Arbeitslos (45)
Dieses Attentat... ich hab es damals in den Medien verfolgt.
Oyama
Mit einem Messer griff der Täter wahllos Passanten an.
Deshalb hast du die Schule gewech-selt...
Verste-he...

Also dann.
Mach's gut!
Nachdem mein Vater seine Arbeit verlor, ist seine Seele langsam zerbrochen...
Weder meine Mutter noch ich konnten helfen. Er ließ sich immer weiter gehen, isolierte sich und verlor am Ende den Verstand.
Diese Schuld verfolgt mich überall hin.
Es ist, als ob der Schatten meines Vaters niemals von mir ablassen will.
Und jedes Mal, wenn ich mir wünsche, dass es besser wäre, wenn dieser Mensch so schnell wie möglich sterben würde...
... stirbt auch ein Teil von mir.

Royal Host
AM 7:00～AM 4:00
Puh.
TAPP
Yusuke Okamoto hat seinen eigenen Geheimspot sichergestellt! Das »Geheimnis« wurde erfolgreich beschützt.
OK
Hah, was für ein Mist.
Das Ding stresst mich.
Na, gut
Weg hier.
VROOOM

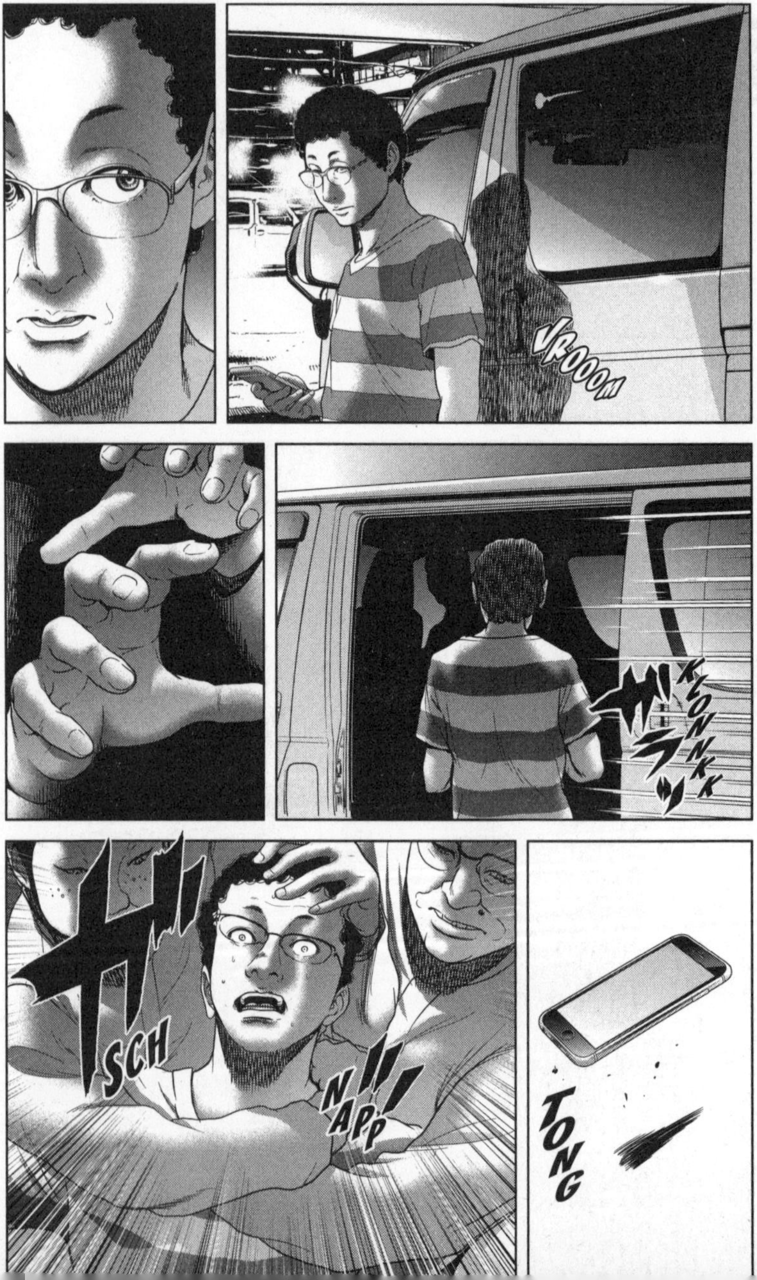
VROOOM
ガラッ
KLONNKK
SCH
NAPP!!!
TONG

Mmmm!
Mmmm!
Uhm!
Uuuuh!
FUUUH
FUUUH
FUUUH
FUUUH
Guten Abend.

Wir werden zuerst deinen Leib reinigen und danach unsere göttlichen Lieder singen.
Dann wirst du unseren Gründervater treffen.
All das Schlechte und Verachtenswerte, das sich in deinem Leib ausbreitet, Yusuke, wird er dir austreiben und für immer verbannen.
Wir werden bei der Reinigung deiner Seele behilflich sein.

Unser heiliger Stammes-vater des Lichts.
Durch seine Güte und seine Strenge wird auch deiner Seele Heilung zuteilwerden.
Nnnmmm!!!

Kapitel 20

第60回柳沢祭
100円
唐揚げ
* Crêpes
お会計
クレープ
200円
キノコ
Nie-
mand...
... aus
unse-
rer...
... Klasse
nahm am
Kulturfest
teil.
2-C

KATTANG
KATTANG
Seitdem sind zwei Tage vergangen...
Minato Imabari ist die Tochter des Attentäters, der vor einem Jahr sieben Menschen auf offener Straße...
Im Distrikt Hyogo ereignete sich ein brutales Attentat. Vier Menschen verstarben noch vor Ort.
Zeugenbericht
Oyama
Vater-Tochter
Tomohiro Oyama
Arbeitslos (45)
den Namen ihrer Mutter.
... in Hyogo ermordet hat.
Weder im Internet noch im Chat unserer Klasse...
... wurde mein Geheimnis bisher geteilt.
2-Cクラスマイン
Verstehe...

Vielleicht hat Yumi das Video aber auch direkt per Mail...
... an alle aus der Klasse weitergeleitet.
Nein! Ich...
... werde nicht davonlaufen!
ガラ
KLACK

...
TUSCHEL
Hihihi.
TUSCHEL
TRATSCH
Was?
TUSCHEL
TRATSCH
Du lügst doch!

Wirk-
lich?
Aah...
Natür-
lich... wie
ich es mir
dachte...
Minato
...
Als wir
uns neu-
lich abends
getroffen
haben... War
da alles okay
bei dir?
Norika Uda,
Klasse 2-C

Wie?
Bei diesem Spiel lagen unsere beiden Spots...
... sehr nah beieinander, hast du das gesehen?
Koji Kikukawa
Minato Imabari
Norika Uda
Konntest du dein Geheimnis sichern, Minato?
Was?
Norika... d...du weißt es noch gar nicht?
Wie?
Was meinst du?
TRATSCH TRATSCH
Was? Im Taxi?
Ist doch egal!
TUSCHEL TUSCHEL
Kann es sein, dass noch niemand von meinem Geheimnis weiß?

Meine Eltern nerven mich gerade voll ab, deshalb konnte ich erst so spät los.
Und ...
Ich hatte die ganze Zeit über das Gefühl, als würde mich jemand beobachten...
Stimmt. Norikas und mein Spot...
... lagen sehr nah beieinander.
Norika Uda
Minato Imabari
Es könnte sein, dass Yumi sich jemand anderen...
... als Ziel ausgesucht hat, weil ich ihr nicht helfen wollte.
Ja, ich hatte Glück! Wie durch ein Wunder konnte ich mein Geheimnis beschützen...
... aber es gibt bestimmt auch einige aus unserer Klasse, deren Geheimnis gestohlen wurde, oder?
Hm?

Sagt mal, habt ihr keinen Durst?
Ah!
Ist Wasser okay? Ich kann dir gern eins kaufen gehen.
Danke.
DO
Hado-ooken!
SCH
Ey! Das tat weh!

Das tat weh?
Lass den Scheiß, Mann.
Nur wegen dieses neuen Spiels »Secret Get«...
... haben einige von uns die Geheimnisse der anderen herausgefunden.
Es gibt diejenigen, die lachen...
... und diejenigen, die nichts mehr zu lachen haben.
Unsere Klasse versinkt komplett im Chaos.
Ich bezweifle, dass wir jemals einen Weg zurück zur Normalität finden.

WUSCH
WUSCH
Komm her, du!
DOMPF
Haha... hör schon auf, Mann!
He!
Oh, sorry.
Keine Ahnung, was ab-geht, aber du nervst tierisch.

Tut mir leid!
Sorry, ich wollte nur...
Dich meine ich nicht.
Ich meine ihn!
Hä? Haha ...
Äh, muss mal pissen.
Ziemlich ange-spannte Stimmung hier, hm?
Ja...

PSSCHHH
PSSCHH
Trotzdem war meine Entscheidung richtig.
Yumi wird früher oder später mein Geheimnis preisgeben.

Du musst Minato Imabari aus der Klasse 2-C sein, nicht wahr?
Darf ich vorstellen? Tabata und Ide von der örtlichen Polizei.
Hättest du wohl einen Moment Zeit für uns?
Ah, Sie sind es.
Die zuständigen Beamten.
Wir hätten einige Fragen an Minato Imabari ...
... bezüglich der App »The Vote«.
Was?
Woher wissen Sie davon?

Nun, offen gesagt, ermitteln wir ebenso i...
Doktor!
Komplikationen in Zimmer 404!
Was ?!
Zimmer 404?
Das ist das Zimmer von Shuta!
Shuta, was ist mit ihm?
Shuta!

ガタッ
RUCK
RUCKEL
RUCKEL
GGH GGH
ガタッ
ZUCK
ガタッ
RUCK
Treten Sie bitte zurück!
Oh, Gott ...
RAUN RAUN RAUN
RAUN
AH!

DASH
Unmög-
lich...
TRAPP
TRAPP
Aus dem Weg!
Lassen Sie mich durch!

ZACK
KRUSCH
Halt! Stehen-bleiben!

Hey.
Ich war hier, um Shuta zu besuchen.
Aber die Schwestern wollten mich nicht zu ihm durchlassen.

BOTSCH
Bwah!
Was hast du...
... in deiner Tasche?!
Ich hatte keine andere Wahl ...
Es ging einfach nicht...

Koji Kikukawa
Norika Uda
Minato Imabari
Yumi hat es auf Norikas Geheimnis abgesehen, doch sie kam zu spät.
Darum hat sie den nächstbesten...
... als Ziel gewählt und das war Kojis Spot...
Hätte ich ihn doch nur rechtzeitig gewarnt...
... ich hätte das Schlimmste noch verhindern können.
Es ist alles meine Schuld.
Ich weiß einfach nicht mehr weiter...

Kapitel 21
Junge, geht's dir gut?
...
Ah!
DASH

HAAAH
HAAAH
Wo bin ich hier eigentlich?
Ich kann nicht mehr nach Hause...
Damit komme ich gerade mal...
... drei Tage über die Runden.
Ich bin...

PSSSCH
PSSCHH
ガラ
RATTER
PFFT

PSSSCHH
PSSSCH
Tck
PLIP
PSSCHH
PSSCH
PSSSCH
PSSSCH
SSSCHHU
SSCHU
SSCHU

KLONG
KLACK
Zimmer 404?
Scheinbar war es ein plötzlicher Anfall.

Wieso habe ich das bloß getan?
KLINGELING
Minato Imabari
Handy
Wecker
Nachrichten
KLINGELING
Wecker
TUT

TAPP

Rei...
Was machst du hier?
Ich weiß doch, dass du Tempel liebst, Koji.
Wir waren öfters hier, erinnerst du dich?
Wir sind lange nicht fertig mit unserer Tempel-Tour.
Wir wollten doch noch mehr Stempel sammeln.
KICHER
Hah, ich war lange nicht draußen.

Minato hat mich kontaktiert.
...
Shuta ist doch dein Freund, nicht wahr?
Wieso hast du das getan?
Ob Freund oder nicht, das spielt überhaupt keine Rolle.
Er stand schon mit einem Bein im Grab. Früher oder später wäre es sowieso passiert.
Was...

Ich habe dich tief verletzt...
... und wurde auch noch zu einem Mörder.
Hahaha.
Ich bin am Ende.
Viel tiefer kann man wirklich nicht mehr fallen.

Hier.
Hallo?
Shuta lebt! Er lebt! Hörst du?!

Zum Glück ist nichts Schlimmeres passiert!
Die Ärzte sagen, er sei stabil.
Trotzdem kann ich nicht verstehen...
... wieso du das getan hast!
Ich will, dass du dich sofort der Polizei stellst!
Und entschuldige dich gefälligst!

Du legst ein Geständnis ab und trägst die Konsequenzen für deine Tat.
...
Und was das Video von Rei und Gon angeht...
Das Video war ein Fake! Sie wurde dazu gezwungen!
Das ist alles, was ich dir zu sagen habe.
Gib mir Rei noch mal.
Ja, okay.
Verstanden. Gut, bis dann.
Rei...
Gon hat dich dazu gezwungen?

...
Ich hätte es wissen müssen...
Es tut mir leid...
Die eigenen Freunde zu verraten und sie sogar umbringen zu wollen, nur um mich selbst zu schützen, ist wirklich das Allerletzte!
Ich bin Abschaum... es ist vorbei...
Es reicht.
Ich gehe zur Polizei.

Ich bin froh, dass wir uns sehen konnten.
Koji...
Meine Nummer ist noch immer die alte.
Ich werde auf dich warten.
FLAPP

Ich warte auf dich, hörst du?!
Und irgend-wann werden wir wieder gemeinsam die Tempel besuchen können!

Polizeipräsidium
Aah...

Ich hätte am Ende...
... wenigstens noch ihre Hand halten sollen.
Erinnerung an den Besuch im Ryūsen-ji-Tempel

GOKKONG
GOKKONG
Kapitel 22
Bis jetzt bin ich eigentlich immer gut zurechtgekommen.
Ob nun in der Schule oder im Nebenjob... Lief bei mir.
In der Klasse war ich meist einer der Besten.
Ich dachte eigentlich, das würde reichen.

Hast du gehört? Koji soll...
TUSCHEL TUSCHEL
TUSCHEL
Echt?
auszuhalten, aber ihr Gesicht sieht einfach meeeegasüß aus! ♥
0:06
1
12
Mitsuko
Cha hat schon wieder fünf Minuten vor Unterrichtsbeginn ihr Essen gegessen.
Ach, du Schei-ße...
TRATSCH TRATSCH
TSCHING TSCHING
Heeee!

Hast du die Hausaufgaben für klassische Literatur gemacht?
Was ... ... willst du denn jetzt?
SCHRIING
Mitsuki Fujieda, Klasse 2-C
Was kümmert's mich, hä?
PFF
Das ist aber nicht sehr nett!
ZERR
Auaaa! Autsch!
Rollende Eichel-Attacke!
Kreuzhieb!
WUSCH
HUSCH
!

Schere, Stein, Papier!
Bamm!
DOSCH!!
Uwagh!
Was soll das denn?!
GRINS GRINS
Morgen...
... geht das Spiel weiter.
Ah, ja...

Deswegen müssen wir jetzt...
... noch gute Stimmung verbreiten!
Hmmm.
TSCHACK
Okay.
Süß ist sie ja schon...
BLIP

!
8:17
Hiroki Watanabe
Kauf es. Jetzt sofort.
2:08
Ab heute gilt: Ohne meine Erlaubnis darfst du mit keinem der Mädels mehr sprechen.
8:17
2:08
Ab heute gilt: Ohne meine Erlaubnis darfst du mit keinem der Mädels mehr sprechen.
8:17
Er wieder …

Koji kommt nicht mehr zur Schule.
Kannst du mir noch ein Brötchen und 'ne Milch kaufen?
In der Mittagspause! Leg 'nen Zahn zu!
11:05
Gut, der Nächste ...
Hiroki!
Ah, ja...!

Im privaten Forum der Schule steht...
... dass Koji angeblich versucht hat, Gift in Shutas Infusionsbeutel zu spritzen...
Scheinbar hätte er beinahe Erfolg damit gehabt.
Und jetzt sitzt er wohl auf der Polizeiwache in Gewahrsam.
PSSCH
PSSCH
PSSCH
Hi!
Du bist zu spät.

Besten Dank.
Ah... das Geld?
Ha?
Ähm, also...
Schon gut.
Lecker.
Koji wurde garantiert bedroht und zu dieser Tat gezwungen.
So wie auch ich für diesen Wichser tanzen muss, wenn er pfeift.

Ah.
Die Kleine da.
Ist die im ersten Jahr, sag?
Echt jetzt?

He, Puppe!
Verrätst du mir...
... deine Nummer, hm?

Kyaah!
EVD EVD
Hauen wir ab!
He!
Ihr da!
Lehrerzimmer
Das ist die letzte Verwarnung...
Es gibt Grenzen, hörst du?!
Kommt nicht wieder vor. Das war ein dummer Spaß...
Tut mir leid.
HA HA HA HA

Tut mir leid!
Yuya!
Die Mädchen aus der Klasse ziehen sich gerade um.
Geh hin und film sie.
Mann!
Jetzt geh mir doch nicht ständig auf die Eier!
THE VOTE

Bist du sicher?
Soll ich es ins Netz stellen?
Ich geh dir auf die Eier, wann ich will!
Deine Eier gehören jetzt mir! Widersprich mir also nicht! Nie wieder!
Es...
Was?

Es tut mir leid.
Gut. Ich hoffe, du hast es jetzt gerafft.
Dann mal auf zur nächsten Mission.

Du verstehst dich mit Mitsuki ziemlich gut, oder?
BU ••••
16:21
Film die Alte für mich.
Ich will ein kleines Fickfilmchen von ihr.
Was?

Kapitel 23

* Karaoke

Denk bloß nicht, du kannst mich verarschen!
23:16
Gelesen 23:17
PLING
Schick mir das scheiß Video, verdammt!
19:02
WUUUP
PLING
Stell dich nicht so an und mach hin!
19:03
Film die Alte für mich.
Ich will ein kleines Fick-filmchen von ihr!
Ah, du guckst schon die ganze Zeit nur auf dein Handy!
Haha! Ah, sorry.
Ich gehe mal kurz auf die Toilette.

KLACK
Video
Timelapse Slow Video Foto Square
TOCK
Ich tu so als würde ich es laden.
Da bin ich wieder!
Oh...
Und dann lass ich die Aufnahme einfach laufen...

Was wollen wir als Nächstes singen?
Such uns mal was aus.
Puh, warm hier.

Hm?
Wenn ich es nicht tue, wird er mein Geheimnis veröffentlichen...
Mitsu-ki...
Ich liebe dich.
Was?

Äh... Moment mal...
Halt! Nicht so stür-misch!
Wie kommst du denn jetzt plötzlich auf so etwas?
Nein ...
Für mich bist du schon immer et...
Jetzt komm mal runter, du Hitzkopf!
Ja!
Sing mir lieber ein Lied!

Yuya... du bist irgendwie so merkwürdig.
Ist etwas passiert?
Wir können gern darüber reden, wenn du magst?
KLONG

Hey...
Warte ...
Nicht ...
Ich liebe dich ...
Nnh ...

KÜSS
KÜSS
...
TCK
Ich...
!

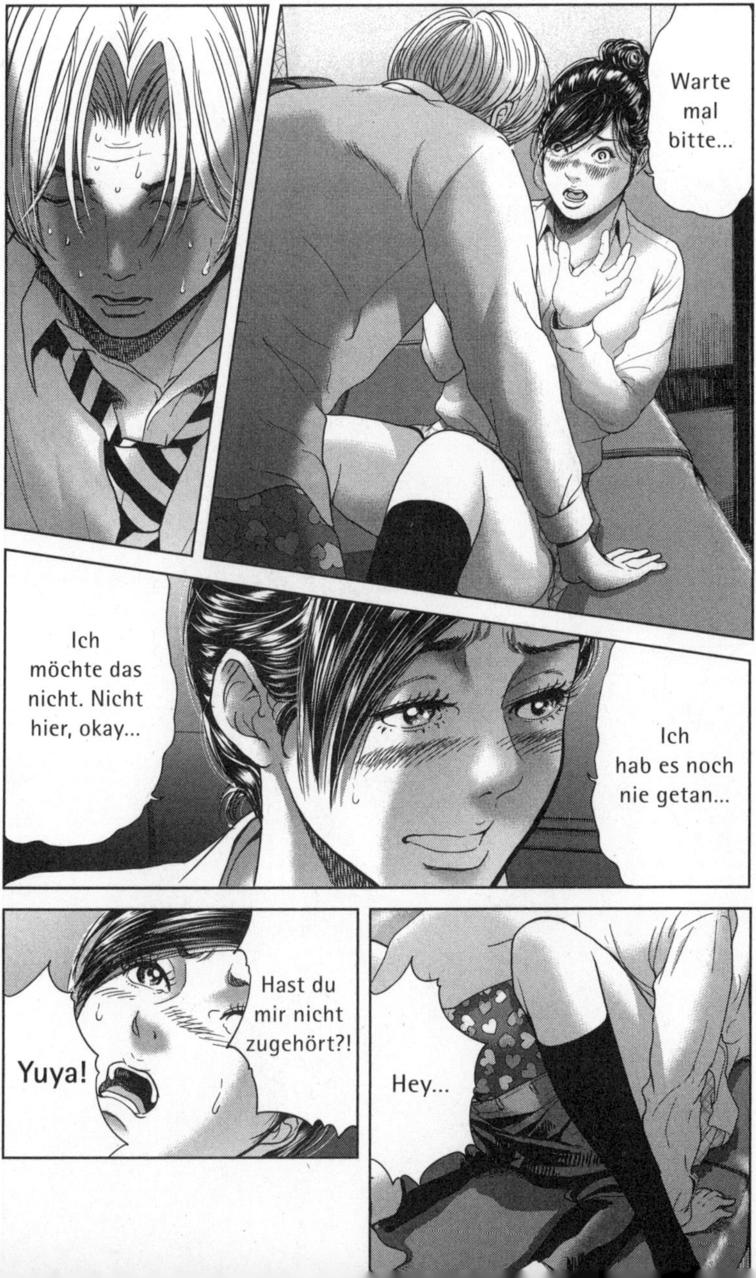
Warte mal bitte...
Ich hab es noch nie getan...
Ich möchte das nicht. Nicht hier, okay...
Hey...
Yuya!
Hast du mir nicht zugehört?!

Was ist denn dein scheiß Problem, hä?
Ich hab auch Gummis dabei.

PA
MM
DOMPF
H...
Hey!
Warte!
PAT
SCH
RUMMS

Was mach ich hier eigentlich ...?
PLING
Wo bleibt das Video? Ich bin schon ganz heiß drauf!(ﾟ∀ﾟ)
19:5
Scheiße!

Sorry wegen gestern.
に
r t y
...
Haaaah ...
Kommst du?
Ah, ja, komme.
KLACK

Hey, Mitsuki.
Hi-roki?
Was ist?
Guck mal! ♡

Mmm...
Haah...
Hä?!
Wie ...?
Hat mir ein guter Freund geschickt.
Bist ja eine ganz wilde Maus, was?

Oh, Mitsuki! Hallo! Komm doch rein.
Ist Yuya zu Hause?
Oh... hey.
PAT
Aua!
SIICH

Mann! Was sollte das denn?!
Das war's! Lass mich in Frieden.
Sprich mich nie wieder an, hörst du?!
Und tritt mir nie mehr unter die Augen.
!
Verflucht ...
Hat Hiroki ihr etwa...
Jetzt warte doch ...
Ich kann das...

Ich habe dir vertraut ...
PLING
BU
18:27
Hiroki Watanabe
PLING

Lass mal 'nen Dreier mit der machen!
KLONK
KRACK
Raaaaaaaa…
…aaaaaa!

Heute Abend geht das Spiel weiter...
Mittler-weile be-zweifle ich, dass wir es jemals stoppen können.
Alles, wozu wir imstande sind, ist, zu versu-chen...
... so schnell wie möglich den Verant-wortlichen zu finden.
Polizeipräsidium
Entschul-dige, dass du warten musstest.

Verste-he...
Somit ist also nicht aus-zuschließen, dass der jüngere Bruder...
... Arisa Nikaidos für diese App namens »The Vote« verantwort-lich ist.
Können Sie denn keine Er-mittlungen gegen ihn anstellen?
Vielleicht finden Sie ja etwas, um ihn aufzu-spüren.
Ich verstehe natürlich, worauf du hinaus-willst...
Wir haben bereits Ermittlun-gen in diese Richtung angestellt.
Und es tut mir leid, das sagen zu müssen, aber...
... Arisa Nikaido hatte keine Geschwis-ter.

Kapitel 24
Alles, wovon ich glaubte, dass es uns helfen würde, den Täter ausfindig zu machen...
... all diese Informationen waren nichts weiter als Lügen.
Und es tut mir leid, das sagen zu müssen...
... aber Arisa Nikaido...
... hatte keine Geschwister.

Es ist lächer-lich. Wir haben der Geschichte irgendei-ner...
... Nach-barin geglaubt.
Wir haben überhaupt nichts in der Hand.
Nichts, was uns weiter-bringen könnte.
Ich will nur noch weg.

Und dann fing das Spiel von Neuem an.
Freundeee! Habt ihr Hummeln im Arsch?
Let's go! Game Start!

DASH
Hopp, hopp, meine Häschen! Beeilt euch, damit ihr noch rechtzeitig an den Secret Spot gelangt und eure Geheimnisse beschützen könnt!
Bevor euch noch jemand zuvorkommt, hihi!

Minato Imab
むらさき
Hier ist es!
Das ist ganz in der Nähe von meinem Haus...
Aber die anderen Spots auch...
Sie liegen alle relativ nahe an den Wohnhäusern der Spieler.
Nur der Spot von Yujiro...
Yujiro Nakamura
Aber wieso?
... ist sehr weit entfernt. Seltsam.

Essen ist fertig! Stellt ihr bitte Teller und Schalen hin?!
BZZZSCH
Yujiro Nakamura, Klasse 2-C
Na! Jetzt wird nicht gezankt!
GYAAAAH
GYAAAAH

Entschuldige bitte, dass du alles machen musst.
Schon okay. Ruh dich aus.
Danke.
PLING
Yujiro Nakamura

RIRIN
Jeder Tag ist ein Berg voll Arbeit für mich.
Putzen, Wäsche waschen, Einkau-fen...
... Essen kochen, Abwasch machen...
Yujiro Nakamura
Das ist ganz schön weit weg...

Im Grunde hatte ich bis jetzt nie wirklich Zeit für mich.
Ein Geheimnis, für das ich lieber sterben würde als zu wollen, dass jemand davon erfährt?
So ein Unsinn...
Ich habe ja noch nicht mal 'ne Freundin.
Ich bezweifle, dass es irgendetwas gibt...
QUIIIETSCH

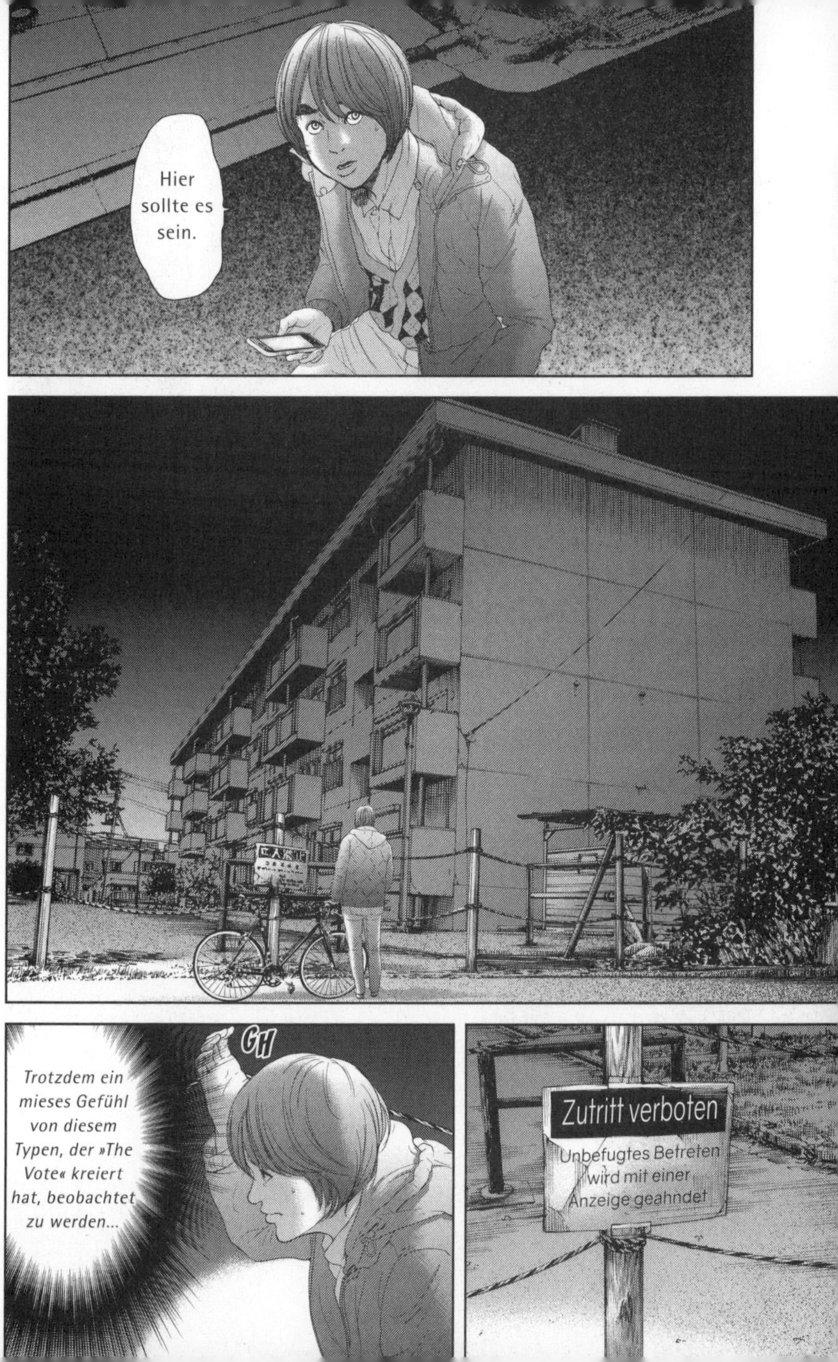
Hier sollte es sein.
GH
Trotzdem ein mieses Gefühl von diesem Typen, der »The Vote« kreiert hat, beobachtet zu werden...
Zutritt verboten
Unbefugtes Betreten wird mit einer Anzeige geahndet

Yujiro Nakamura
Das ist der Ort.
Jetzt …
… muss ich suchen.
BZZZZT

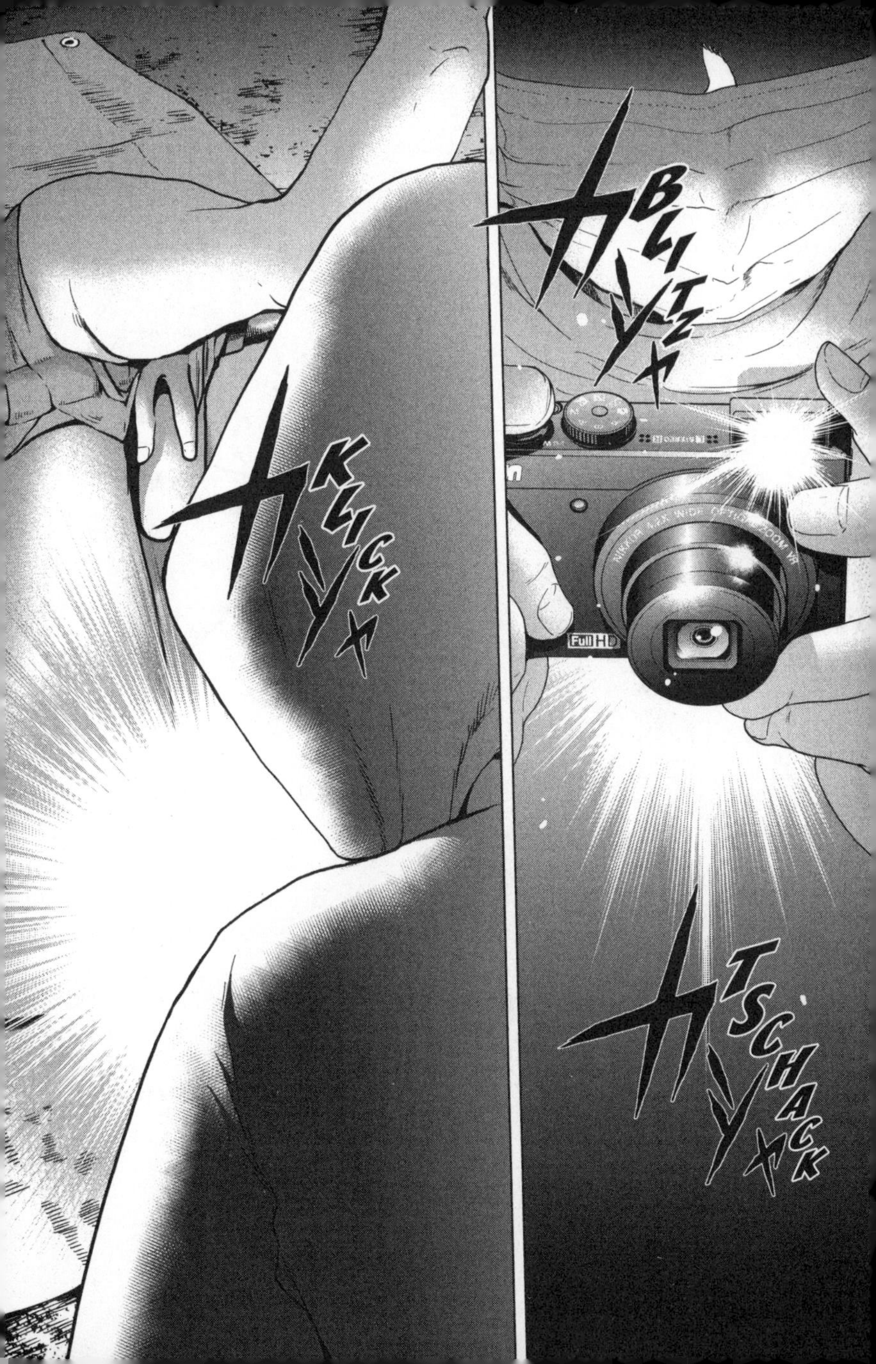
BLITZ
Full HD
TSCHACK
KLICK

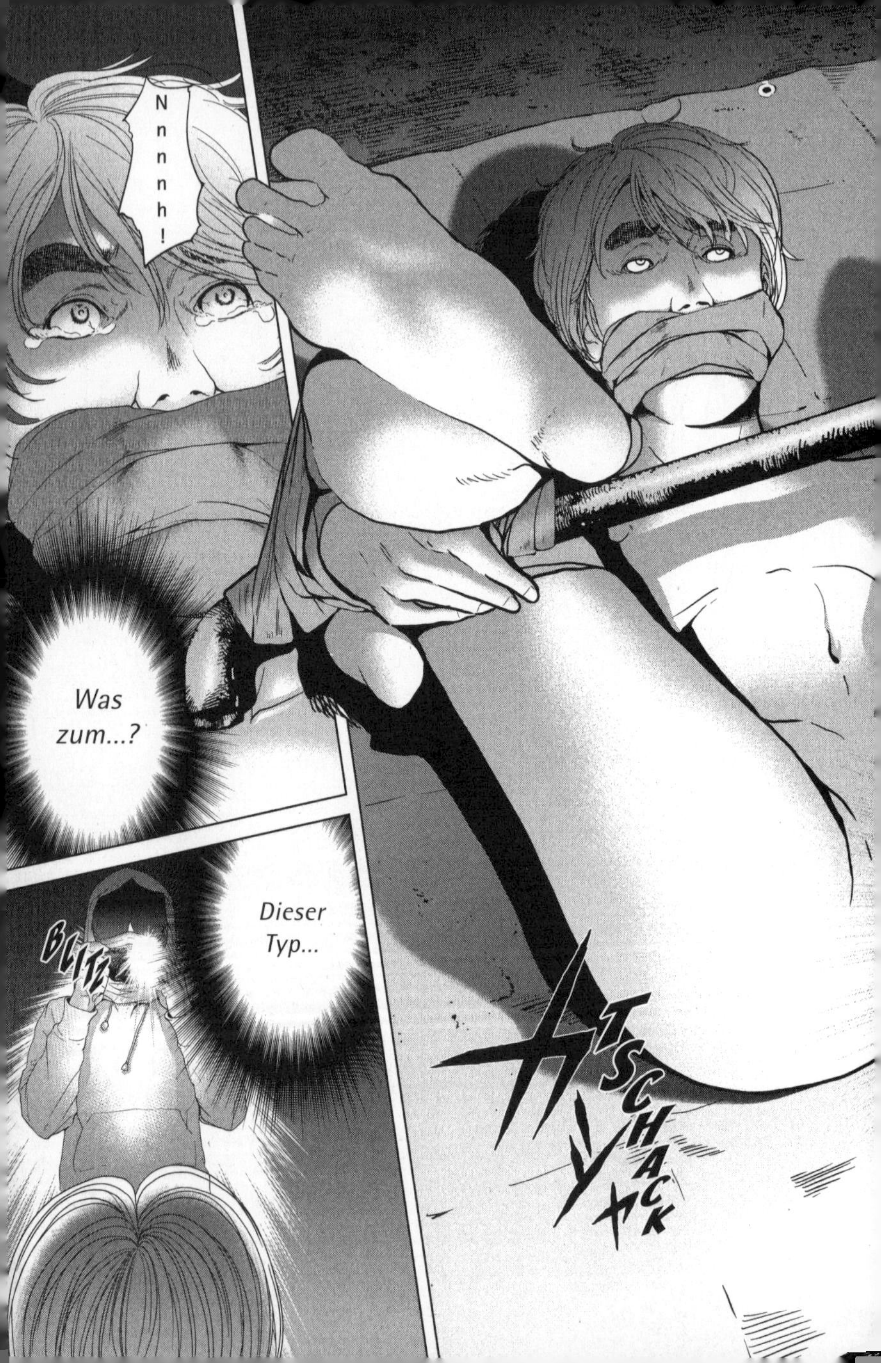
TSCHACK
Nnnnh!
Was zum...?
BLITZ
Dieser Typ...

Hey, da bin ich.
Yujiro hat heute gefehlt, oder?
GATTANG
Ja.

1 Min
1 Min
14 Min
14 Min (1,2km)
Der Ort, von dem unser Lehrer gesprochen hat...
... müsste in dieser Richtung sein.
Wir müssen uns den Strafen von »The Vote« ergeben...
... und können scheinbar überhaupt nichts dagegen unternehmen.
Wir dachten, dass wir Abbitte leisten müssten. Also beschlossen wir, das Grab von Frau Nikaido zu besuchen.
TAPP

* Familiengrab Nikaido

Hier hat alles begonnen.
Lass uns ein Räucherstäbchen anzünden.
Ja, gute Idee.
Hm?
Unter dem Stein ...
... steckt ein Zettel.

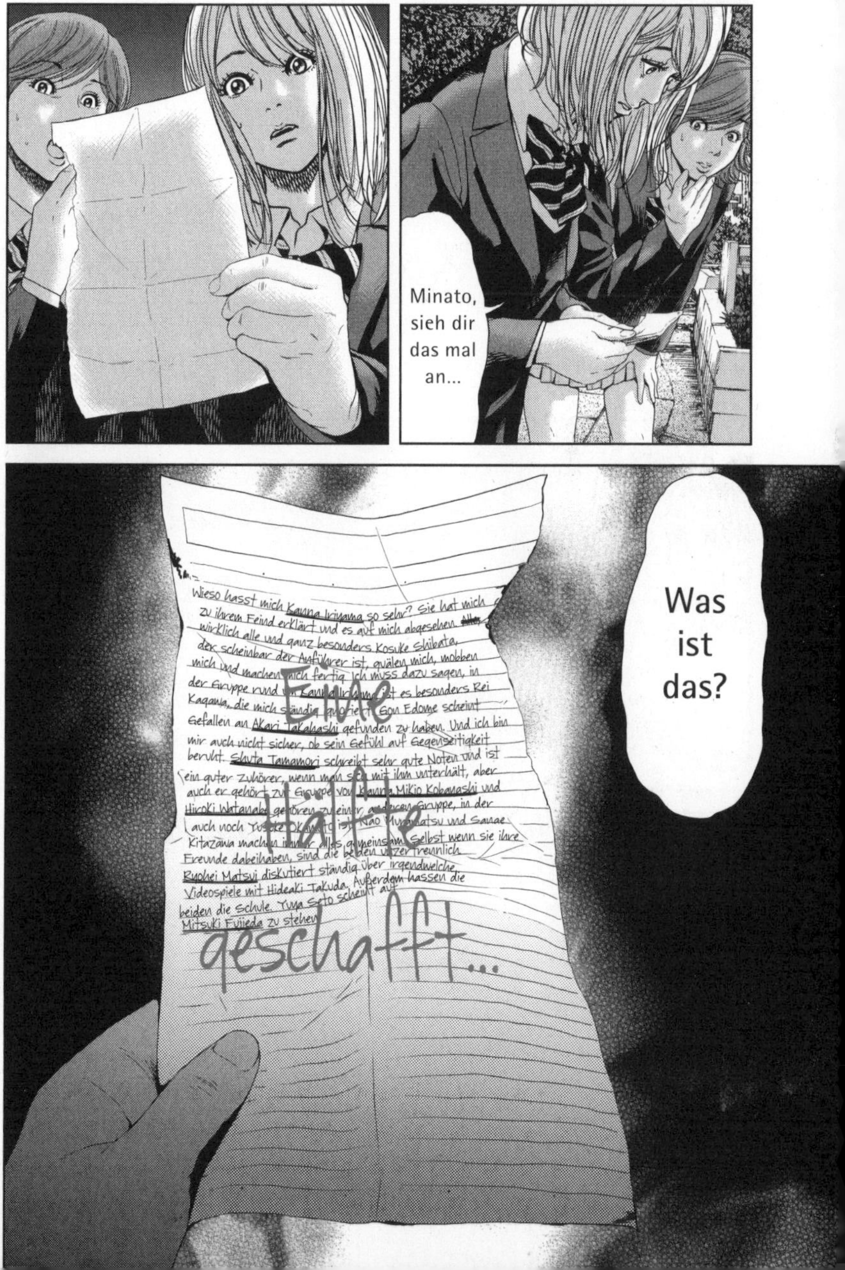
Minato, sieh dir das mal an...
Wieso hasst mich Kanna Iriyama so sehr? Sie hat mich
zu ihrem Feind erklärt und es auf mich abgesehen.
wirklich alle und ganz besonders Kosuke Shibata,
der scheinbar der Anführer ist, quälen mich, mobben
mich und machen mich fertig. Ich muss dazu sagen, in
der Gruppe rund um
ist es besonders Rei
Kagawa, die mich ständig
Gon Edome scheint
Gefallen an Akari Takahashi gefunden zu haben. Und ich bin
mir auch nicht sicher, ob sein Gefühl auf Gegenseitigkeit
beruht. Shuta Tamamori schreibt sehr gute Noten und ist
ein guter Zuhörer, wenn man
mit ihm unterhält, aber
auch er gehört
Mikio Kobayashi und
gehören
Gruppe, in der
auch noch
Nao
und Sanae
Kitazawa
Selbst wenn sie ihre
Freunde dabeihaben, sind die
Ryohei Matsui diskutiert ständig über irgendwelche
Videospiele mit Hideaki Takuda.
hassen die
beiden die Schule. Yuya
scheint auf
Mitsuki Fujieda zu stehen
Was ist das?
Eine Hälfte geschafft...

Kapitel 25
Eine Hälfte geschafft ...
Was ist das denn?
Diese Markierungen ...
auch er gehört zur Gruppe von Kanna. Mikio Kobayashi
Hiroki Watanabe gehören zu einer anderen Gruppe, in d
auch noch Yusuke Okamoto ist. Nao Muramatsu und Sa
Kitazawa machen immer alles gemeinsam, selbst wenn s
Freunde dabeihaben, sind die beiden unzertrennlich
Ryohei Matsui diskutiert ständig über irgendwelche
Videospiele mit Hideaki Takuda. Außerdem hassen die
beiden die Schule. Yuya Seto scheint auf
Mitsuki Fujieda zu stehen.
Eine Hälfte geschafft.
Eine Hälfte

PSSCH
Wird online gestellt
Wird online gestellt
FLAPP
FLAPP
RUBB
RUBB
Wird online gestellt
Das war erst die Hälfte...?
Dieser Text handelt von uns.

Die rot unterstrichenen Namen sind all diejenigen, die bereits von »The Vote« bestraft wurden.
Alle, die nicht mehr da sind, sind markiert.
Es ist ungefähr die Hälfte unserer Klasse...
Das heißt, die andere Hälfte...
... sind wir!
Hm?
Diese Handschrift ...
!
Die kommt mir so bekannt vor.

Das ist alles so verwirrend, aber das hier...
Eine Hälfte
eschafft...
Das könnte ...
... die Schrift von Frau Nikaido sein.
Wirk-lich?
Ja. Ich erinnere mich daran, weil ich es immer so süß fand, wie weich ihre Handschrift aussah.
Na klar!

Diese Notiz könnte aus dem Klassenbuch stammen...
Klassenbuch
2-C
Klas
Der Täter muss die Seiten herausgerissen haben.
Und jedes Mal, wenn er einen von uns bestraft hat, hat er unsere Namen unterstrichen.
Beinahe so, als wollte er sich im Namen von Frau Nikaido für all die Schmach, die sie erleiden musste, rächen...
geschafft...
Der Täter muss Frau Nikaido sehr verehrt haben.
Er wird ganz bestimmt wieder hierherkommen.

Also müssten wir nur die Person festnehmen, die hierherkommt und sich auffällig verhält…
Dann können wir »The Vote« beenden!
Aber wie sollen wir das machen?
Ah!
POMF
Ich hab eine Idee.
!

* Nishino Elektro

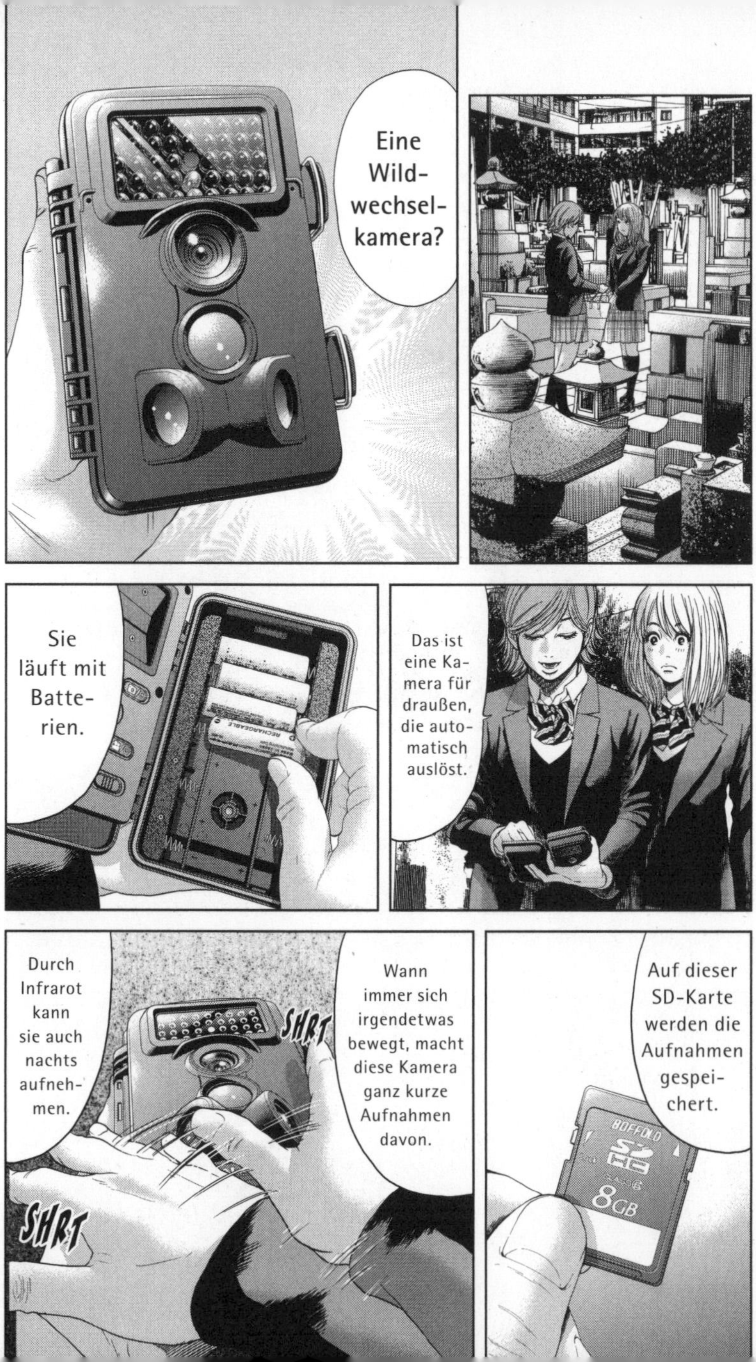
Eine Wild-wechsel-kamera?
Sie läuft mit Batte-rien.
Das ist eine Ka-mera für draußen, die auto-matisch auslöst.
Durch Infrarot kann sie auch nachts aufneh-men.
SHRT
Wann immer sich irgendetwas bewegt, macht diese Kamera ganz kurze Aufnahmen davon.
SHRT
Auf dieser SD-Karte werden die Aufnahmen gespei-chert.

Eigentlich ist diese Kamera dazu gedacht, Wildtiere in der freien Natur unbemerkt beobachten zu können.
Sie ist superleicht zu installieren und kostet fast nix.
Und man glaubt es kaum, aber die Dinger sind vor allem als Sicherheitsvorkehrung äußerst beliebt.
Okay, hier können wir sie verstecken.
Da sie weder Geräusche macht, noch blitzt oder sonst was, wird sie hier schon niemand bemerken.
RASCHEL
RASCHEL
Bald erfahren wir, wer das Grab von Frau Nikaido besucht.
Und zwar damit ...
Ja.

PSSCH
PSSCH
PSSSCH
PSSSCH
Wie oft ich auch dachte, wir sind verloren...
... diesmal war ich wirklich der Meinung, dass wir es schaffen könnten.
Sorry, dass du warten musstest. Die Blumen riechen gut.
FLAPP
Haha-haha...
?

Am Tag darauf.
RASCHEL
RASCHEL
Sehr gut.
Komm, wir gehen in die Schule und schauen sie uns auf dem großen Bildschirm an.
Okay.
Medienraum

Okay, dann schauen wir doch mal.
TSCHACK
BLIP
Das hier wurde gestern um 21:25 Uhr aufgenom-men.

Das ist ein Mönch ...
Stimmt.
Das andere ist von 15:12 Uhr.
BLIP
Und das letzte ist von gestern Nacht um 02:53 Uhr.
BLIP
00:00/00:00:00

Hä?!
Hm? Was ist das? Sind das alte Aufnahmen?
Ah...
KLACK
Da kommt jemand ins Zimmer...
Was macht er da?
Er sucht irgendwas...
Hm, also scheint unser Täter doch nicht drauf zu sein.
...
Miki?

Das...
Das ist mein Zimmer!
Kh...
Iiih!

Hihihi!
Hihihi!
Hihihi!
Hihihi!
ガタ
RUMMS
Miki ...
Fass mich nicht an.

Allen, die mit dir zu tun haben...
... passiert so etwas!
Ich... ich...

Ich kann nicht mehr.
!
ZUCK
Den Doktor!
Ruf sofort den Doktor!
FUH

Kapitel 26

Heute...
... bin ich zu Hause geblieben.
Dieses kranke Spiel fängt zwar erst morgen Nacht wieder von Neuem an...
... aber ich hatte ein-fach keine Kraft, in die Schule zu gehen.

Doch sogar dafür fehlt mir die Kraft.
Am liebsten würde ich aufgeben...

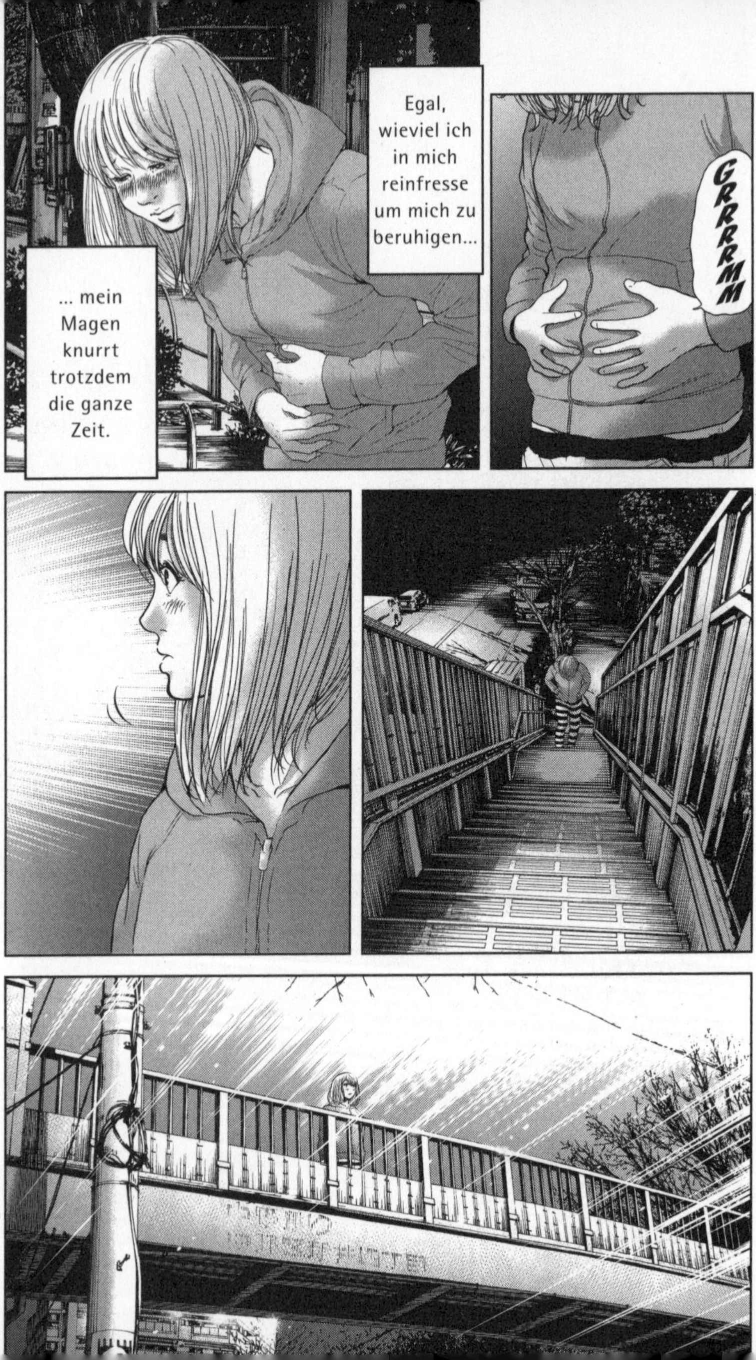

Egal, wieviel ich in mich reinfresse um mich zu beruhigen...
... mein Magen knurrt trotzdem die ganze Zeit.
GRRRRMM

DRRDRR
DRRDRR
Frau Tamamori
Handy
Wecker
Nachrichten
Hallo
?

Minato ...
BAMM!!
Heute Morgen, ganz plötzlich.
Das Krankenhaus hat mich direkt angerufen.
BLA
BLA

Shuta ...

...
Wie?
Was sagst du?
I...
Ich hab Hunger.

Yo.
Selbstständiges Lernen 8:30 – 10:30
Schon wieder? Geil!
Jun!
Jun Kaneda, Klasse 2-C
Hey, das ist nicht okay.
Hikari Sasaki, Klasse 2-C
Mariko Endo, Klasse 2-C

Was? Wieso nicht?
Ist doch zehnmal besser als Unterricht zu haben.
Es gibt angeblich eine Krisenbesprechung der Lehrkräfte.
Es sieht so aus, als würde...
... der Unterricht bei uns vorerst ausfallen.

Dafür ist es jetzt schon ein bisschen spät, hm?
Heute Abend beginnt wieder das Spiel, oder?
Hast du denn keine Angst, Jun?
Pff, nicht wirklich.
Bis jetzt bin ich auch gut durchgekommen.
Außerdem habe ich keine Geheimnisse, die ich schützen müsste.
Wirklich?
Pff, ab und zu hol ich mir einen runter. Wie jeder andere auch!
W... Was?!

Du scheinst dir ziemlich sicher zu sein, hm?
Okay, passt auf. Irgendwie denke ich ja schon...
... dass Shuta...
... der Täter ist, oder? Denkt ihr nicht?
Meinst du?
Shuta liegt immer noch im Krankenhaus, klar...

Aber vielleicht dient das alles nur zur Ablenkung.
Der Täter kennt all unsere Geheimnisse.
Er hätte leichtes Spiel, uns auf die falsche Fährte zu führen.
Wer weiß, vielleicht wurde sogar Yumi dazu angestiftet...
... Shuta niederzustechen, weil jemand sie kontrolliert.
...

Und es gibt einen Weg, um meine Vermutung zu beweisen.
Ich zeig es euch, okay?
Einen Weg?
BLIP
THE VOTE
TAPP
THE VOT
Keine Ahnung, ob es hinhaut, aber...

Hey, du aus »The Vote«! Kannst du mich hören?
Zeig dich, wenn du uns hören kannst!
Komm schon. Nur ein Mal.
Willst du gar nicht wissen, was ich zu sagen habe?
THE VOTE
Der antwortet doch nicht.
...
...
Fuck. Ich dachte echt, das klappt...
SCHWPP

Was für ein freches Kerlchen! Wagt es einfach...
... mich zu rufen, hm?!
Da ist er...
Hör zu...
Ich möchte dich etwas fragen.

Was denn, hm?
Schieß los!
Na ja, ich dachte …
Du hast doch sicher langsam die Schnauze voll von deinem neuen Spiel, oder?
Können wir nicht heute Abend...
... zum alten Voting zurückkehren?
Aber wieso?
Wieso sollten wir zurück zum alten Spiel wollen?
Psscht!

Meinetwegen. Aber...
... wieso bittest du mich darum?
The Vote und du...
Ihr seid wie Gott, oder?
...
Die Geschicklichkeit, mit der du diejenigen, die durch das Votum ausgewählt wurden, ihrer gerechten Strafe zuführst.
Nur ein Gott kann so etwas. Jemand, der diese Welt transzendiert hat, nicht wahr?
Aber sicher doch!
Ich bin Gott, hihi!
Wie wäre es dann...

... wenn man die-jenigen, die durch »The Vote« auserwählt werden...
... direkt töten würde?
Bitte was?!

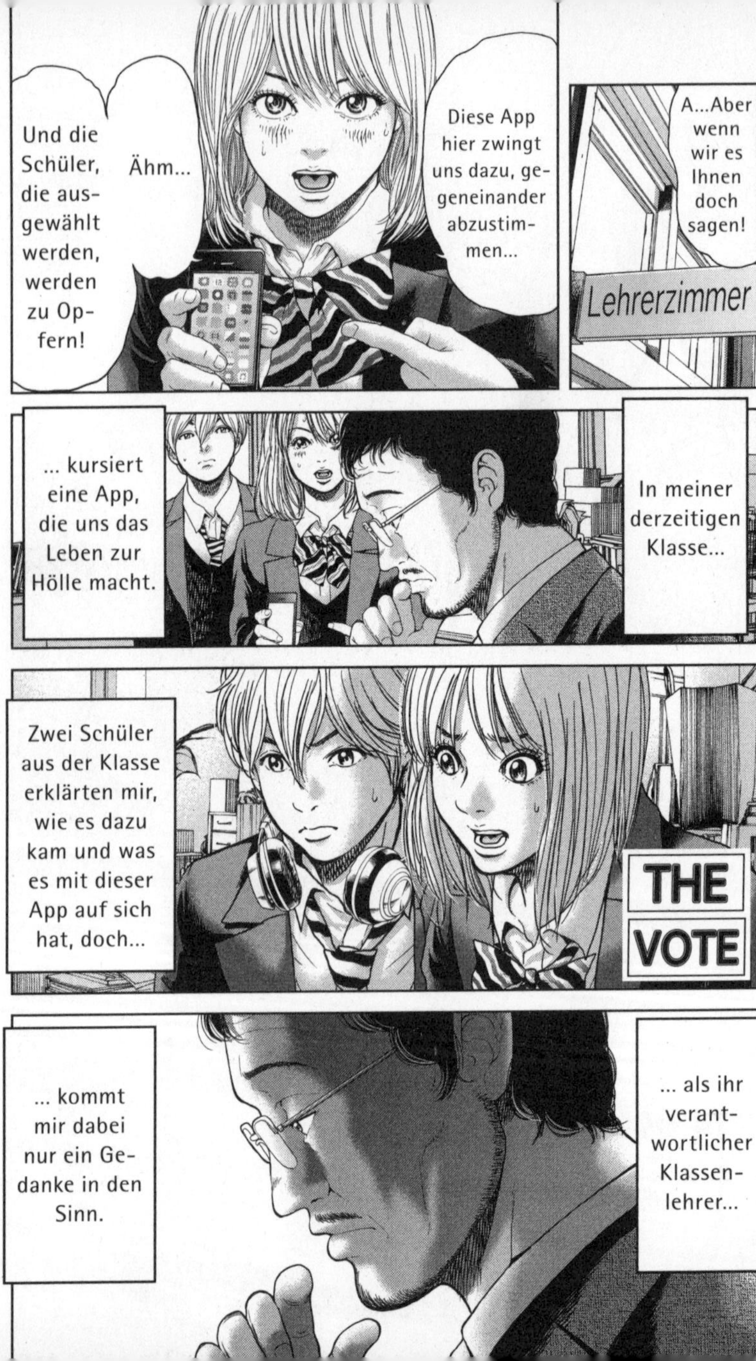

Lehrerzimmer
A...Aber wenn wir es Ihnen doch sagen!
Diese App hier zwingt uns dazu, gegeneinander abzustimmen...
Ähm...
Und die Schüler, die ausgewählt werden, werden zu Opfern!
In meiner derzeitigen Klasse...
... kursiert eine App, die uns das Leben zur Hölle macht.
THE VOTE
Zwei Schüler aus der Klasse erklärten mir, wie es dazu kam und was es mit dieser App auf sich hat, doch...
... als ihr verantwortlicher Klassenlehrer...
... kommt mir dabei nur ein Gedanke in den Sinn.

»Hach, Gott-chen…«
»Wie mich das alles nervt!«
eipen
Bonus

Entschuldigen Sie die Störung!
Herr Hanazawa?
Sie haben es gerade nicht leicht, was?
Puh.
Schon drei Schüler seit Beginn dieses Monats...
Sie weigern sich am Unterricht teilzunehmen, da kompromittierende Videos von ihnen im Internet kursieren.
Und das alles scheinbar nur aufgrund dieser App.
Dokument
THE VOTE
Aber ich weiß mir auch nicht mehr zu helfen...

Ein wirklich übler Streich ...
Das hatte ich anfangs auch gedacht, aber...
... wieso ist dann nur meine Klasse betroffen?
Mittlerweile geht sogar das Gerücht um...
... dass es sich um einen Fluch von Frau Nikaido handelt.
Im Internet schreiben die Leute, diese App sei der manifestierte böse Geist der Verstorbenen.
Und dass sie all die Schüler, die sie damals in den Selbstmord trieben, einen sozialen Tod herbeiwünschen würde...
Sozialer Tod, sagen Sie? Das klingt ja furchtbar.

Was soll's! Geister aus der Vergangenheit, Flüche! Kinderkacke!
Apps, soziale Medien, dieser ganze Quatsch! Es nervt mich nur.
Mit einer solchen Einstellung sind Sie aber kein gutes Vorbild.
Ah!
Wissen Sie eigentlich, wie viele Beschwerden wir erhalten haben?
Das ist ein echtes Problem!
Sie tragen schließlich die Verantwortung für Ihre Klasse.
Sie sollten etwas mehr Einsatz zeigen.
Verzeihung, Herr Konrektor!
Haah ...
Seit heute Morgen nichts als Ärger...
Hah ...

KYAHAHAHA
Schule ist nichts weiter...
... als ein riesiger Schweinestall.
Menschen wie ich sind nur dazu da, um diese Schweine im Zaum zu halten.

Ich lang-weile mich...
... und finde ein-fach kei-nen Bezug zu ihnen.
Jeden Tag derselbe Trott, mehr nicht.
Ich wusste immer, wenn ich diese Distanz nicht herstellen könnte zwischen Lehrer und Schülern, würde ich diese Arbeit auch nicht schaffen.
Ah!
Herr Hanaza-wa!
Zumindest bis ich sie traf...

Das habe ich in Hauswirtschaftslehre gemacht! Bitte, eins ist für Sie! ♡
Norika Uda, Klasse 2-C
N... Nori-ka.
B... Bist du si-cher?
Die sind richtig lecker.
SCHWIPP
Sie werden da-hinschmel-zen, glauben Sie mir.
Ah... dan-ke.
Es gibt noch En-gel auf dieser Welt...

天使の館
豚の楽
女王祭
¥9,800
¥7,800
4F
天使の館
豚の楽園
OPEN 11:00〜
Besten Dank!
Puh.
Egal, wie schlecht es mir geht...
... hier kann ich immer entspannen.
Neue Energie tanken für morgen!
Wenn ich zu Hause bin...
... muss ich den Bericht für den Konrektor fertigstellen.
Doch zuerst werfe ich noch mal einen Blick...
... auf die Videos meiner Schweinchen...

Tubo JP
Suchbegriff
0:01 / 0:30
Schülerin beim S3XX geleaked
Die junge Anna scheidet aus
Kapitänin fickt den Trainer *LEAK*
Zuvor: Texas@\(*~o~)/
Hääää?! Ernsthaft?!
0:01 / 0:30
Haha...
Das ist wirklich krass...
Wenn so etwas im Internet verbreitet wird, kann man in der Tat von einem »sozialen Tod« sprechen...
AAAH! AAAH~
MMM
Ob Norika auch ein solches Geheimnis hat?
ka Uda Yanagisawa Obe
gle Suche
Auf gut Glüc
a Uda Yanagisawa Obe
Video News Mehr Such
Es wurden keine Dokumente gefunde
Vorschläge:
Achte darauf, dass alle Wörter richtig geschrieben sind.
Probiere es mit anderen Suchbegriffen.
Probiere es mit allgemeineren Suchbegriffen.

Aber nein, nein, das kann nicht sein.
PUH
Mein Engel würde keine Schweinereien machen.
Jetzt, wo ich etwas beruhigter bin...
Haah ...
... kann ich mich endlich um den Bericht kümmern.
Oh!
Aah! Mmm!
Oh...
Ohoho ...
Uuh ...

Entschuldigen Sie.
Ist Herr Hanazawa hier?
Norika...
Was gibt es?
...
Ich wollte Sie...
... um Ihre Meinung fragen.

W... Wo-rum geht es?
Wir wollen beim Kulturfest einen kleinen Tee-Salon aufbau-en...
Aber seit diese App auf unseren Handys ist, herrscht nur noch Chaos in der Klasse.
Wir sollten das Fest ver-gessen. Und am besten überhaupt nicht daran teilnehmen ...
Ist das so?!
Aber habt ihr nicht längst mit den Vor-bereitungen begonnen?
Ja...

I... Ich!
Ich werde versuchen, noch einmal mit allen zu sprechen!
Ich werde bei der nächsten Konferenz diese Sache noch mal zur Sprache bringen, damit wir endlich dagegen vorgehen können.
Wirklich ?!
J...
Ja!

Wie schön!
Ich muss meinen Engel beschützen!
Und dann, wer weiß... könnte mein Engel eines Tages meine Frau werden!
Ah, einen Moment ...
WWWWM
WWWWM
Herr Kenichi Hanazawa!
Freut mich!
Ich bin das Gehirn aus »The Vote«!
Wa...Was ist das?!
Es tut mir ja leid, aber...

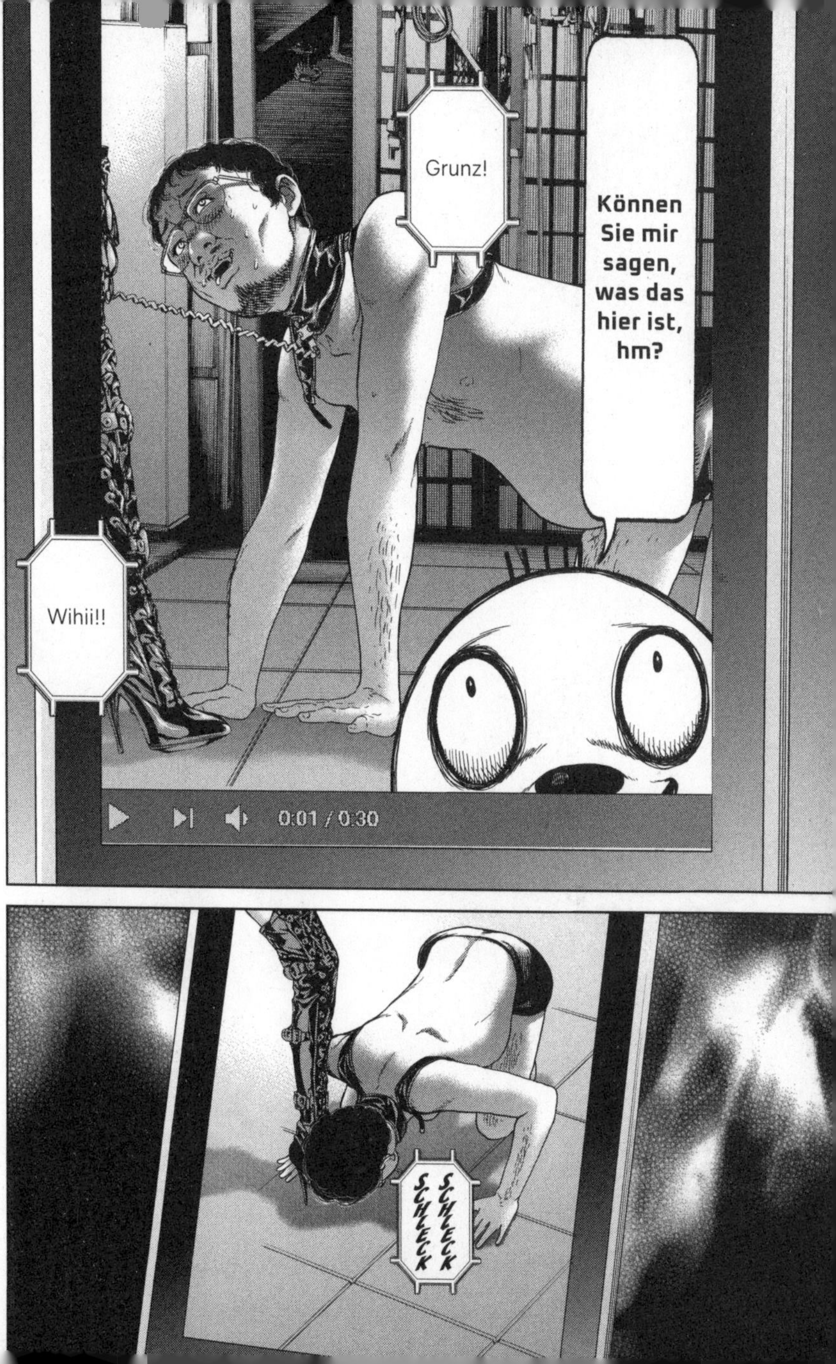
Können Sie mir sagen, was das hier ist, hm?
Grunz!
Wihii!!
0:01 / 0:30
SCHLECK SCHLECK

Treib es nicht auf die Spitze!
Das Schwein hat die Schnauze zu halten und die Stiefel seiner Königin zu lecken!
Herr Hana-zawa?
Ähm, noch mal wegen des Fests, also...

Was?
Was willst du denn jetzt von mir?
Wie?
RUMMS
Haha ...
Ich? Ich kann doch im Grunde...
WWWWWT
WWWWWT
... überhaupt nichts für euch tun.

Vorschau auf Band 4!
Auf das gewählte Opfer wartet dies- mal…
… ein echter Tod! ♡
Stirb!
Stirb!
Der ganze Ärger und all die Frustration der Klasse 2-C entladen sich auf den vermeintlichen Verdächtigen, Shuta Tamamori.
Das nächste Opfer, das gebracht werden muss, ist ein echter Tod?!
Shuta Tamamori! Werd schnell wieder gesund!!
Die nächste Wahl kann kommen!

Tag, allerseits.
Vielen Dank, dass Ihr auch Band 3 von »The Vote« gelesen habt!
Edogawa Edogawa
Meine Frau.
Seine Frau (Tanuki)
Da mein Verlag gegen Ende des Jahres in die Weihnachtsferien geht...
Jahaaaaa!
... verspüre auch ich endlich eine kleine Phase der Freiheit.
Ich fahre dann zurück in mein Elternhaus.
KNABBER KNABBER
Mutter
Wie viele Mochi willst du?
Zwei.

Hey!
Ich hab deinen Manga gelesen.
Vater
The Vote
Wie? Ah! Echt?
BADUM BADUM
Und? Wie fandest du ihn?
Hab ihn irgendwie nicht ganz verstanden.
...
Möchtet ihr Spareribs?
Wer will schwarze Sojabohnen?
GWOOOO

Da wir uns bei meinen Eltern nur langweilten...
... beschlossen wir einen kleinen Spaziergang in der Nähe meiner alten Schule zu machen.
Es wirkte alles so viel kleiner als damals.
Gäbe es eine Möglichkeit, dass ich meinem früheren Ich begegnen könnte...
... ich würde ihm, also mir, Folgendes mit auf den Weg geben:
Hey, du!
?!
Ich?!
Kümmere dich gut um deine Freunde, klar?
Und arbeite hart!
Und sei nett zu den Frauen!
Wer bist du überhaupt?

Du alter Assi!
Ist ja ekelhaft! Krankes Schwein, du!
In der Schule träumte ich immer davon Schriftsteller zu werden. Doch später...
GYA HA HA HA
... habe ich leider nicht hart genug dafür gearbeitet.
Diese...
... Jugend voll Faulheit führte schließlich dazu...
Zeit für den Käfig.
Wir gehen zurück.
KLACK
... dass ich keine Romane schrieb...
... sondern das Leben eines dreckigen Köters führe.
Aber na ja, ich denk mir immer, es gibt noch Schlimmeres...

THE VOTE

ist eine japanische Serie, die originalgetreu von »hinten« nach »vorne« und von rechts nach links gelesen wird! Schlagt das Buch also »hinten« auf und blättert Seite für Seite nach »vorne« weiter! Auch die Bilder und Sprechblasen werden von rechts oben nach links unten gelesen! Wir wünschen gute Unterhaltung!

HAYABUSA
Carlsen Verlag GmbH · Hamburg 2022
Aus dem Japanischen von Martin Gericke
Ikenie Touhyou vol. 3

Covergestaltung: Sonnenfisch Production – Laura Bartels
Redaktion: Germann Bergmann
Herstellung: Maria Niemann

ISBN: 978-3-551-62085-9

MIX
Papier aus verantwortungsvollen Quellen
FSC www.fsc.org
FSC® C083411

VOTE THE FALCON
www.hayabusa-manga.de
www.carlsen.de
hayabusa_manga
HayabusaTweets

Unser Versprechen für mehr Nachhaltigkeit
- Klimaneutrales Produkt
- Papiere aus nachhaltigen und kontrollierten Quellen
- Hergestellt in Europa